Animales de la granja

Gallinas en la granja

por Bizzy Harris

Bullfrog
en español

Ideas para padres y maestros

Bullfrog Books permite a los niños practicar la lectura de textos informativos desde el nivel principiante. Las repeticiones, palabras conocidas y descripciones en las imágenes ayudan a los lectores principiantes.

Antes de leer

- **Hablen acerca de las fotografías. ¿Qué representan para ellos?**
- **Consulten juntos el glosario de las fotografías. Lean las palabras y hablen de ellas.**

Durante la lectura

- **Hojeen el libro y observen las fotografías. Deje que el niño haga preguntas. Muestre las descripciones en las imágenes.**
- **Léale el libro al niño o deje que él o ella lo lea independientemente.**

Después de leer

- **Anime al niño para que piense más. Pregúntele: ¿Qué sabías sobre las gallinas antes de leer este libro? ¿Qué más te gustaría aprender sobre ellas?**

Bullfrog Books are published by Jump!
5357 Penn Avenue South
Minneapolis, MN 55419
www.jumplibrary.com

Library of Congress Cataloging-in-Publication Data

Names: Harris, Bizzy, author.
Title: Gallinas en la granja / por Bizzy Harris.
Other titles: Chickens on the farm. Spanish
Description: Minneapolis: Jump!, Inc., 2021.
Series: Animales de la granja | Includes index.
Audience: Ages 5–8 | Audience: Grades K–1
Identifiers: LCCN 2020041830 (print)
LCCN 2020041831 (ebook)
ISBN 9781645278825 (hardcover)
ISBN 9781645278832 (ebook)
Subjects: LCSH: Chickens—Juvenile literature.
Livestock—Juvenile literature.
Classification: LCC SF487.5 .H36918 2021 (print)
LCC SF487.5 (ebook) | DDC 636.5—dc23

Editor: Eliza Leahy
Designer: Molly Ballanger
Translator: Annette Granat

Photo Credits: PCHT/Shutterstock, cover (left), 22; Valentina_S/Shutterstock, cover (middle); Tsekhmister/Shutterstock, cover (right); lunamarina/Shutterstock, 1; cynoclub/Shutterstock, 3; Roman Demkiv/Shutterstock, 4, 23br; Modfos/Dreamstime, 5, 23bl; Dima Fadeev/Shutterstock, 6–7, 23tl; AjayTvm/Shutterstock, 8–9, 23tr; Oleksandr Lytvynenko/Shutterstock, 10; Jolanda de Jong-Jansen/Shutterstock, 11; BePhumirat/Shutterstock, 12–13; Szasz-Fabian Jozsef/Shutterstock, 14–15, 23tm; John Daniels/Pantheon/SuperStock, 16; Chrisdunham/Dreamstime, 17; Alexandru Ionas Salagean/Dreamstime, 18–19, 23bm; JuneChalida/Shutterstock, 20–21; WildlifeWorld/Shutterstock, 24.

Printed in the United States of America at Corporate Graphics in North Mankato, Minnesota.

Tabla de contenido

Las gallinas y los polluelos

Las gallinas se apiñan.

El gallinero está caliente.

¡Buenos días!

Las gallinas salen del gallinero.

cola
cresta

Un gallo cacarea.

Tiene la cola larga.

Tiene una cresta roja.

Este escarba la tierra.

Sus garras le ayudan.

Busca bichos
para comérselos.

garra

Algunas gallinas son de color café.

Otras son blancas.

Estas son de muchos colores.

¿Ves sus plumas?

Esta gallina se echa sobre sus huevos.

¿Por qué?

Los mantiene calientes.

huevo

polluelo

¡Pío! ¡Pío!

¿Qué es ese sonido?

¡Polluelos!

¡Eclosionaron!

¡Hora de salir del gallinero!

Los polluelos se quedan debajo del ala de mamá.

¿Por qué?

Ahí están calientes.

Ellos buscan comida.
Picotean la hierba.
Mamá se queda cerca.

El granjero los alimenta.

¡Coman!

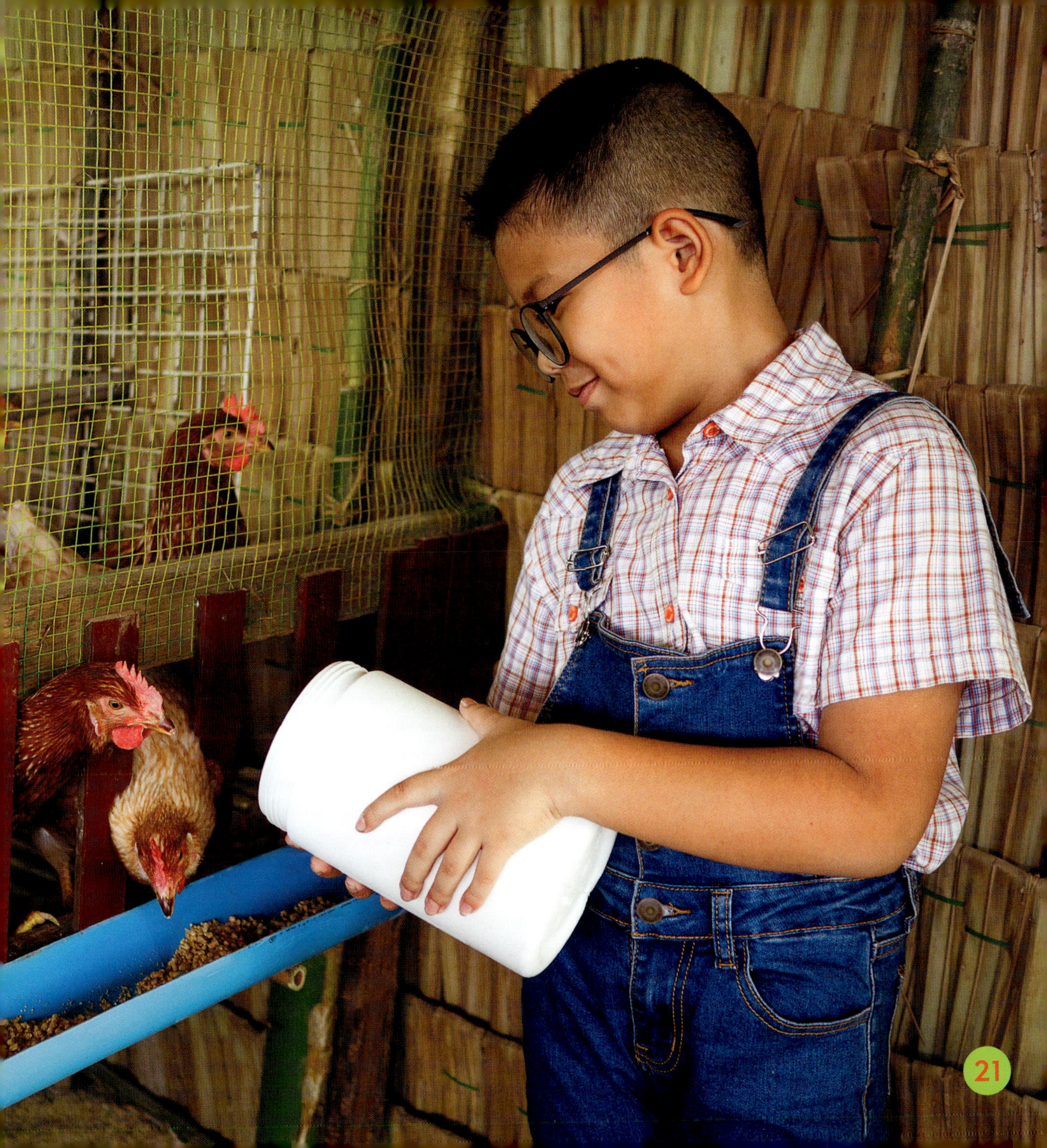

Las partes de un gallo

¡Échales un vistazo a las partes de un gallo!

Glosario de fotografías

cacarea
Hace el fuerte sonido de un gallo.

eclosionaron
Salieron de un cascarón.

escarba
Rasca la tierra con las garras.

gallinero
Un edificio pequeño usado para guardar gallinas u otros animales pequeños.

picotean
Le pegan a algo o lo recogen con un pico.

se apiñan
Se reúnen acercándose los unos a los otros.

Índice

Para aprender más

Aprender más es tan fácil como contar de 1 a 3.

1. Visita www.factsurfer.com
2. Escribe "gallinasenlagranja" en la caja de búsqueda.
3. Elige tu libro para ver una lista de sitios web.